JOHNNY

www.editions-sarbacane.com

MARTINE POUCHAIN

JOHNNY

Sarbacane

Cette nuit, j'ai rêvé de toi.

Non, je ne plaisante pas, je n'en reviens pas moi-même. Pas trop mon genre de rêver de quelqu'un. D'habitude, je rêve de choses lointaines ou qui n'existent pas. De ma maison d'avant, de mes parents d'avant, plus jeunes je veux dire, et de moi aussi, plus jeune. Jamais de choses récentes.

Alors que tu viennes t'immiscer dans mon paysage d'un seul coup, ça m'a, je ne sais pas, je dirais, bouleversée. Mais il y a longtemps que tu préparais ton coup, j'en suis sûre, pendant que moi je pensais à Léo qui lui, pensait à Laura, qui elle.
La vie est mal fichue voilà tout.
On dirait même qu'elle est faite exprès pour que rien ne soit simple pour personne.
Ce n'est pas de ma faute si tu es tombé amoureux de moi. Je n'y suis pour rien. Pas plus que Léo n'y est pour quelque chose, je le reconnais, parce que c'est des trucs qui se font en cati-

mini de notre plein gré, la plupart du temps.
D'ailleurs ce n'est pas une excuse. Moi aussi je me morfondais, pas de toi, mais je me morfondais, sauf que personne n'en savait rien, parce que je me morfondais sans en avoir l'air. Faut jamais avoir l'air de se morfondre, ça ne fait qu'empirer. C'est des trucs qu'on apprend vite à ses dépens.

Je t'en ai tellement voulu de cette lettre.
Non, ce n'est pas de ma faute si tu es tombé amoureux de moi, enfin je veux dire ce n'est pas seulement de ma

faute. Les autres non plus n'étaient pas sur ta longueur d'onde, que personne ne connaît d'ailleurs.

Comment on pourrait la connaître ?

Bon, d'accord, on est tous responsables, d'accord.

Claire dit qu'on est tous responsables, toi y compris je te signale. C'est vrai qu'on n'a jamais été très sympas, ni moi, je le confesse, mais tu n'as pas fait beaucoup d'efforts non plus.

Claire me dit aussi de commencer par le commencement. Toujours, elle veut que je commence par le commencement, comme si on pouvait savoir où ça commence.

Où ça finit, oui.

Le commencement moi je veux bien, même si je ne vois pas trop à quoi ça rime. Claire dit qu'elle, elle voit. Elle m'énerve. Évidemment, c'est facile pour elle qui n'est pas partie prenante, qui est arrivée comme qui dirait après coup, ce qui ne l'empêche pas de connaître tous les tenants et leurs aboutissants.

Alors je dirais que tout a commencé avec ta lettre. Sans cette lettre qui a fait de moi soudain une espèce de responsable en chef des événements qui venaient d'avoir lieu, j'aurais pu ignorer – on aurait tous pu ignorer

– tranquillement les tenants. Ou presque.
Mais si je réfléchis encore un peu, je m'aperçois qu'il n'est pas tout à fait exact de commencer par cette lettre et qu'il faut remonter plus loin, dès le moment où tu es apparu dans ma vie. Dans notre vie. C'est-à-dire au début de l'année. Oui, c'est au début de l'année que les choses ont pris la tournure qu'on leur connaît aujourd'hui. Et quand elles commencent de cette façon-là, elles ne peuvent qu'empirer par la suite. À moins d'un miracle.

Des miracles, il n'a pas dû y en avoir

beaucoup dans ta vie Johnny, et les fées ont sans doute oublié de se pencher sur ton berceau, je ne vois pas d'autre explication. Parce qu'on n'a pas idée d'avoir une tête pareille et de s'affubler en plus comme un gueuch. Pas idée de porter un jean que même mon grand-père aurait jugé blédard et des lunettes carrées taille XXL qui font les yeux énormes sous des cheveux blond-roux frisottés. Je dirais moins dix sur le thermomètre de l'esthétique.

En guise de cerise sur ton gâteau, déjà indigeste à première vue, tu étais incapable d'aligner trois mots quand on te posait une question, n'importe laquelle, même toute simple, comme par exemple :

– T'as révisé pour l'interro d'histoire, Johnny ?

– Euh... oui, non, euh… tu répondais en même temps que ton regard se mettait illico à raser le bitume.

L'idéale victime, je ne peux pas mieux décrire.

Et même si j'avais pris ta défense, ça n'aurait rien changé. J'aurais juste réussi à devenir une victime de seconde main quand tu aurais fait défection pour maladie ou autre. Mais je n'ai pas pris ta défense. J'avoue que ça ne m'a seulement pas effleuré de la prendre. J'avais déjà assez de mal avec moi, depuis toujours.

Je ne sais pas à quoi ça rime la vie. Je l'ai jamais su et personne n'est jamais parvenu à me l'expliquer sérieusement, mes parents les premiers, à s'emberlificoter dans leurs broutilles. Passe ton bac d'abord, c'est tout ce qu'ils savent dire. Mais je n'ai pas envie de passer mon bac d'abord et après tu feras ce que tu voudras. Je n'ai pas envie de m'emprisonner dans mon bac d'abord parce que après, je sais parfaitement que je ne ferai pas ce que je voudrais. Personne ne fait ce qu'il voudrait, après. Pour ainsi dire. Parce que après il faut manger, se loger, et trouver de l'argent de poche et rien que ça, déjà, c'est fou l'énergie que ça suppose, c'est fou ce que ça démolit, déjà. Ça remplit une vie même. Il n'y a qu'à les regarder. Il n'y a qu'à regarder la télé. La télé peaufine le désastre. La télé c'est pour qu'on ne se foute pas par la fenêtre en s'apercevant que vivre comme ça, c'est peut-être une vie, mais ça ne s'appelle pas vivre.

Bon d'accord, je ne le pense pas toujours, il y a des moments où je me dis

même que j'ai tout pour être heureuse. Mais alors pourquoi je ne suis pas heureuse ?
Ma vie s'est bouleversée quand je suis arrivée au lycée avec les cheveux bleu outremer du sud pour cause de teinture périmée.
– P'tain ! T'es chanmé Alice ! Trop bad !
Un beau succès taillé dans l'éphémère mais néanmoins palpable, qui m'a ouvert en grand les portes de la bande à Hugo. Au point que je peux dire que ce jour-là, j'ai tourné une page de ma vie. Il y a eu ma vie avant la bande à Hugo et ma vie après.

Rien à voir.

Tout comme il y a eu avant toi Johnny, et après.

Je ne sais pas comment on décide de la longueur des chapitres dans un livre, mais dans la vie, ça se fait tout seul. Les événements décident à notre place. Évidemment, il y a aussi les événements qu'on choisit de provoquer, mais ceux-là ne font pas toujours l'objet d'un nouveau chapitre. Alors qu'un qui se décide sans nous, bien imprévu, bien surprenant, on peut être quasiment sûr que ses conséquences vont nous mettre l'avenir sens dessus dessous.

Ce jour-là, pour cause de bleu outremer du sud, je suis brusquement devenue quelqu'un d'intéressant. J'ai été admise dans la bande à Hugo et je me suis mise à faire des trucs que la morale – et même la loi – réprouve pour qu'on m'admette encore mieux. On fumait, on buvait, on piquait des trucs plus ou moins petits, utilitaires surtout, pour s'en servir, pas pour le commerce. On avait nos lieux de prédilection, notre musique, nos habitudes qu'on changeait parfois pour pas que les autres s'y retrouvent. Les autres : ceux qui ne s'habillaient pas comme nous, n'allaient pas dans les

mêmes cafés que nous, n'écoutaient pas la même musique, n'y connaissaient rien, donc. Les autres.
Et puis il y avait toi : l'autre de tout le monde.

Oui, je sais, depuis le début, me redit Claire. Justement, j'explique... mais je perds le fil parfois. D'ailleurs le début, c'est comme le milieu et la fin puisqu'il ne s'est rien passé du tout. Entre nous, je veux dire. Mais alors, rien.
Je t'ai souri paraît-il, première nouvelle, je ne m'en souviens pas. Ou alors peut-être que j'ai souri à, met-

tons quelqu'un, et tu étais dans ma trajectoire, et tu as cru que. Éventuellement, ça peut se concevoir. De toute façon, quand bien même je t'aurais souri pour de bon, par inadvertance, ça n'autorise pas à tirer des conclusions et encore moins à tomber amoureux. On ne tombe pas amoureux d'un sourire, c'est con.

Tu dis qu'après ce soi-disant sourire, tu m'as laissée t'envahir comme un miel sauvage, me répandre dans tes veines, devenir torrent puis rivière et puis mer où tu voulais te noyer. Et quoi encore ?

Où est-ce que tu es allé chercher

toutes ces choses que j'aurais bien aimé qu'un autre me dise ?
Léo par exemple, au lieu de soupirer pour Laura qui est amoureuse de Gaspard, qui. Non Johnny, il ne s'est rien passé. Tu n'as fait que te raconter des histoires depuis un sourire dont l'authenticité n'est même pas avérée. Ce que je n'essaierai pas de nier, en revanche, c'est qu'on te chambrait chaque fois que tu traversais notre champ de vision. Je n'ai aucune raison de ne pas convenir – même si je n'en suis pas fière – que pour nous tu n'étais qu'un sujet de rigolade – un bouffon, pour résumer – et que tout

le reste qui te concernait, on s'en foutait.

Je mesure seulement désormais, puisque tu l'as écrit, ta terreur de ne jamais savoir exactement quand ça allait nous prendre, cette méchanceté. À ma décharge, je peux te jurer que je n'avais pas conscience d'être méchante, pas plus que le chat n'a l'impression d'être méchant quand il « joue » avec la souris pendant une heure avant de lui porter le coup fatal.

Je me demande à quel moment de ta vie tu as appris à raser les murs pour qu'on ne te remarque pas. C'est facile de ne pas se faire remarquer quand on est juste moche. Beaucoup moins quand on a été élu à l'unanimité souffre-douleur de la classe. Tu avais beau te concentrer de toutes tes forces pour être le plus insignifiant possible, insignifiant, c'est une chose que tu ne pouvais pas. Une fois qu'on a été identifié comme victime, on devient nécessaire à la communauté, on ne peut plus être inaperçu.

En fait, on ne savait pas quand ça allait nous prendre. Ça nous venait inopinément. D'un seul coup on te tombait dessus sans crier gare et sans autre raison sérieuse que le désœuvrement.

Nous, ou bien d'autres. Tu avais toute la classe contre toi, pas un seul pour. Personne n'osait. On ne fréquente pas un bouffon, je suis désolée de te l'apprendre. Parce qu'il faut en avoir la force, et rares sont ceux qui en ont la force, à quinze ans.

N'importe qui dans la classe – même le plus craintif – pouvait se transformer en bourreau d'un instant à l'autre, comme par magie. Il suffisait de lever le petit doigt et de le pointer vers toi. Ton compte était bon.

– Eh Johnny, ramène ta viande, j'ai un truc à te dire.

Ta mère en avait rajouté une couche

avec ton prénom. Peut-être qu'elle n'avait pas eu le temps de réfléchir aux conséquences. Johnny Beaumont ça avait donné. À sa décharge, il faut reconnaître que quand elle a choisi, elle ne pouvait pas deviner le désastre de tes cheveux blond-roux frisottés et ça lui fait des circonstances édulcorantes, même si les lunettes XXL par en dessous, elle aurait pu te l'éviter. Et personne ne peut m'empêcher de penser qu'il y a des prénoms qui devraient être interdits parce qu'ils ne s'arrangeront jamais. Si tu t'étais appelé David ou Cédric, on aurait laissé ton prénom aux oubliettes et on se serait sans doute contentés de Mochemont comme on avait pris l'habitude de le faire, au début.

Mais Johnny, ça surpassait. À cause de l'autre, dont tu étais le contraire en tout.

Au réfectoire parfois, tu ne pouvais rien manger pendant deux jours. On t'en empêchait en renversant la salière ou le vinaigre dans ton assiette pendant que tu ne regardais pas.

Au début, pendant que tu ne regardais pas.

Mais après, on s'en fichait que tu regardes, et même, ça augmentait notre

plaisir. C'est là, peut-être, qu'on commençait à s'éloigner du chat, mais c'était si subtil qu'on ne s'en apercevait pas. On ne mesurait pas l'étendue de ce dont un être humain est capable. Pas concernés, on était.
En parlant de chat, justement, la nuit, il paraît qu'ils sont tous gris. Les souris aussi d'ailleurs, mais pas toi.
Toi tu étais bien roux, bien lumineux, longtemps après que l'écran de la télé du foyer des internes s'était éteint. Tu étais la garantie d'une soirée mortelle. Moi je n'étais pas là pour y participer, mais les autres me racontaient, me narraient par le menu

plutôt deux fois qu'une, avec de grands éclats d'endorphines qui faisaient du bien à notre santé, c'est scientifiquement reconnu.
C'est vrai que je riais en les écoutant, comme quand on regarde quelqu'un faire un vol plané en glissant sur un truc qui glisse, sans se soucier s'il s'est fait mal à son intégrité. Ils me le disaient et répétaient pour pouvoir se marrer encore un peu, comment ils avaient attendu que tu sois bien endormi pour te piquer ton drap et ta couverture et comment toi, tu leur avais couru après dans le dortoir pour les récupérer.

Des chats avec leur souris.

– Eh Johnny, viens par ici, allez bouge ton cul un peu, ils chuchotaient.

Des heures. Au bout desquelles tu finissais par aller te recoucher épuisé, grelottant et maudissant leur solidarité imbécile de tortionnaires.

Pour moi, tu n'étais rien qu'un personnage d'une pièce de théâtre à qui on aurait distribué le rôle de la victime. Ça n'allait pas plus loin. J'avais d'autres chats dont il fallait que je me préoccupe. Comme par exemple Léo.

Et par conséquence logique, moi : pas assez belle, pas assez intelligente, pas assez rien pour lui plaire. Comment fallait-il que je m'y prenne pour qu'il s'intéresse, c'était ma quête du moment. Parce que contrairement à toi, je cache mon jeu sous des dehors avenants, mais à l'intérieur, c'est bourré de points d'interrogation à ne pas m'y retrouver. Qu'est-ce qu'elle allait devenir ma vie, sans Léo ni rien d'intéressant à me mettre sous la dent, ni projet sérieux d'avenir ?

Curieusement, le fait de pouvoir soupeser ta version des faits – grâce à, ou à cause de Claire – a mis un peu d'ordre dans ce fatras : tu soulevais telle-

ment de questions que je ne m'étais jamais posées.
Avant ta lettre, je ne savais pas qui tu étais dans ta réalité à toi. Comme par exemple que tu écoutais souvent *Bridge Over Troubled Water* de Simon and Garfunkel, je ne m'en serais jamais douté. Mon père l'écoute aussi parfois. C'est ringard, mais c'est beau.
Claire m'a raconté tes parents dont il fallait que je sois informée, selon elle, pour mon bien. Selon elle, il fallait que je sache comment tes parents, contrairement aux miens, s'aimaient tellement qu'ils n'avaient plus de

place pour rien d'autre dans leur vie, toi par exemple.
Comme quoi l'amour, ce n'est jamais une mince affaire et surtout, c'est difficile à doser.
Ton père n'était pas là souvent. Il vivait une autre grande histoire d'amour avec un camion bleu azur grand comme quatre éléphants pelotonnés. Quand il revenait – jamais longtemps – il s'enfermait avec ta mère dans leur chambre d'où ils ne sortaient plus que pour boire quelques canettes et manger une pizza surgelée. Le troisième jour, il s'apercevait de ton existence et te proposait une

balade entre hommes, là-bas, dans ta campagne, non loin de l'écluse de Cappy.
Vous marchiez en silence le long du canal jusqu'à la maison de l'éclusier. Tu ne savais pas quoi lui dire à ton père, il t'intimidait. Le silence vous accompagnait sans que vous osiez échanger davantage qu'un regard furtif. Sur le chemin du retour, il faisait enfin l'effort d'un peu de conversation.
– Tu es gentil avec elle au moins ? disait-il. Il faut bien t'en occuper, elle s'ennuie tant quand je ne suis pas là.

S'occuper d'elle quand il n'était pas là, à quoi tu aurais bien pu servir d'autre ? Bon fils, tu le rassurais, tu secouais la tête pour lui montrer que oui, tu t'en occupais. Tu te sentais utile.

C'est un autre type dans son genre, sans doute pressé de rentrer chez lui après trop d'heures entassées les unes derrière les autres, qui a mis fin à ses jours. Au moment de doubler, il a eu une absence, dix secondes peut-être, le temps de dévier sa trajectoire et d'aller percuter le flanc azur de ton père qu'on a retrouvé broyé dans sa cabine à trente kilomètres de son roman d'amour.

On l'a enterré un samedi. Au lycée, on ne l'a pas su. Tu n'en as parlé à personne, ni aux profs, tu n'as même pas manqué les cours. Comment on aurait pu le savoir ?
Moi, je fouettais mes chats.
Léo s'était fâché avec Laura et traînait sa mine lugubre cours après cours, ranimant mon espoir fondé sur le malheur des uns. Je me demandais toujours quoi faire pour que son attention s'attarde. Mes cheveux outremer du sud ne suffisaient pas, ça lui avait juste arraché un sourire la première fois. Peut-être qu'il n'aimait pas le bleu ? Tout compte fait,

moi non plus. D'autant que le premier effet de surprise passé, les racines repoussaient châtaines. Il aurait fallu que je la joue plus subtil. Il aurait fallu que je sois une autre, mais laquelle, je ne savais pas. Je n'y comprenais rien à moi. C'était la première fois que je tombais amoureuse d'un garçon de mon âge. Avant, j'avais aimé mon prof de dessin qui était homosexuel, mais je ne le savais pas, et Jude Law qui est hétéro, mais dont la concurrence rend impossible tout projet d'avenir, et encore avant mon voisin, qui aurait pu être mon grand-père. Je résume, pour simplifier. Claire dit que je fuis la réalité. Mais si la réalité c'est ce qu'on voit à la télé, ça se comprend qu'on ait envie de prendre ses jambes à son cou.

Et puis l'amour c'est pas marrant. Presque personne n'y arrive. Sauf à quatre-vingts ans peut-être, ce qui laisse de l'espoir à ceux qui pensent tenir jusque-là. En ce qui me concerne, ça ne m'emballe pas. Rien que le spectacle quotidien de mes parents déjà, c'est un genre de vaccin homéopathique : tous les jours je prends ma dose et je me dis *Jamais ça*. Si on pouvait se faire vacciner pour de vrai, je le ferais sans hésiter.

Au lieu de ça, c'est Léo qui me tombe du ciel sans s'en douter.

Toi, pendant ce temps-là, tu caressais l'espoir que ta mère allait t'aimer enfin, puisque son cœur était vacant. Ce en quoi tu te trompais lourdement : son cœur n'était pas vacant, il était hors d'usage, ne pouvait plus servir à personne. La seule nouveauté, c'est qu'elle s'est mise à boire et à ne plus pouvoir te regarder, tellement tu lui rappelais son amour. En moins tout. *When tears are in your eyes, I will dry them all*[1]. Je la trouve très belle cette chanson. Apaisante.

1. Quand les larmes noieront tes yeux, je les sécherai une à une. (N. de É.)

Dis Johnny, pourquoi elle ne t'a pas apaisé ?

Ta mère est allée de plus en plus mal. Tu faisais ce que tu pouvais pour que ça ne se voit pas trop. Parce que si on l'internait, ça voulait dire pour toi des tas de choses encore pires que ce qu'elles étaient. Mais en dépit des précautions que tu ne pouvais pas surveiller en ton absence, elle a fini par faire un coma éthylique.

Cette nuit-là, tu avais mal dormi, je le savais, je savais même pourquoi : Hugo me l'avait raconté.

Ils t'avaient piqué ton oreiller en plus

des couvertures et ils ont poussé la plaisanterie jusqu'à squatter ton lit pour pas que tu te recouches. Tu as fini la nuit recroquevillé sous les lavabos, au bout des choses.

Ce que je n'ai pas su en revanche et que personne n'a su, c'est que le lendemain matin de ce jeudi fatidique, le médecin t'a téléphoné pour t'informer qu'il avait fait hospitaliser ta mère et que tu ne pouvais pas continuer comme ça. Il avait donc prévenu l'assistante sociale.

Plus tard dans la matinée, Soupeaux – pour une fois, ce n'était pas nous, mais ça ne change rien puisqu'on a laissé faire – t'a bousculé en arrivant dans la classe.

– Eh Johnny, dégage, c'est ma chaise.

Tu n'as pas bronché bien sûr, tu as juste changé de place comme n'importe quelle victime qui connaît bien son taf. Mais quand le prof a fait l'appel ce jour-là, au moment où il a dit ton nom, tu as pété les plombs.

– Mon nom c'est Mochemont m'sieur, pas Beaumont.

On en est tous restés comme trois tranches de cake. Ça ne cadrait pas avec le rôle qui t'était imparti. Mais ça n'a pas empêché Soupeaux de répliquer au vol que ton prénom, *c'est Rouquemoutte, m'sieur*.

Il est vraiment ramolli du disque dur Soupeaux, ramolli bête et méchant. Je ne l'aime pas. Il a une grande gueule et on se demande toujours ce qu'il va inventer comme nouvelle méchanceté. En général il s'en tient au classique et il faut reconnaître que ça égaye une journée morne. C'est bien connu de toute façon que c'est toujours les plus grandes gueules qu'on écoute même si elles n'ont rien à dire. L'esbrouffe, ça force le respect. Peut-être pas à long terme, mais c'est toujours ça de pris, surtout que

le long terme, tout le monde a l'air de s'en battre les cuisses jusqu'à plus ample informé.
Tu es demeuré bouche bée à ton tour pendant qu'on se pliait en deux de rire et que le prof tentait de couvrir le vacarme. Et d'un seul coup, tu t'es levé et tu es resté un moment à contempler Soupeaux, la bouche ouverte comme si tu allais lui balancer une vanne supérieurement intelligente, ou une châtaigne. On était prêts à tout, tu vois, même à te faire changer de rôle si tu étais à la hauteur, parce que c'est comme ça que ça se passe dans la vie la plupart du temps.

Les choses se font par inadvertance et sans penser aux conséquences. Le rôle principal, bien sûr, tu n'aurais pas pu, mais un second couteau qu'on respecte, oui, c'était en ton pouvoir, même qu'il s'en est fallu d'un cheveu. On était suspendus.

Et puis rien.

C'était un des aspects de ton problème : à force de se taire, on ne peut récolter que l'incompréhension.

Rochet en a profité pour retirer ta chaise quand tu as voulu t'asseoir et un violent éclat de rire a de nouveau secoué la classe. Tu semblais inépuisable. On voyait bien que tu t'étais

fait mal, mais on était tellement excités qu'on devenait sans pitié.
Le prof, lui, a fait son overdose.
– Arrêtez de faire le singe, Beaumont, et tenez-vous correctement. Et maintenant le premier que je vois rire se prend quatre heures de colle.
Tu écoutais la rage palpiter dans ta poitrine. Tu te disais que si tu avais la carabine de ton père sous la main, tu ferais un carton sur-le-champ. Tatatatatatata. On ne sait pas de quoi on peut être capable. Jusqu'où on peut ne pas aller. Ce que tu as pensé bien sûr, je ne l'ai su qu'après parce que tu l'as écrit.

Mais tu n'avais pas de carabine. Et nous, on ne s'en est pas tenus là. *When times get rough and friends just can't be found*[1].

À l'interclasse, on te serrait de près, on en voulait encore, tu commençais à nous habituer. C'est encore Soupeaux qui s'y est collé.

– Sans blague Johnny, t'es né comme ça, ou on t'a marché dessus ?

Basique. Tu ne t'es pas même retourné.

Alors Soupeaux a rallongé la sauce et tous les autres ont fait barrage pour que tu sois plus attentif.

1. Quand ça va trop mal, sans personne sur qui compter. (N. de É.)

– Je parie que t'as jamais roulé un patin à une fille ? Je parie que t'aime pas les filles, Rouquemoutte, je parie que t'es pédé, Rouquemoutte, hein ? Hé, Johnny tu pourrais répondre quand je te parle ? Tu sais que les pédés vont pas vouloir de toi non plus ? Hein Johnny ? Tu le sais ?

C'était le moment de rester du côté du silence. Soupeaux t'aurait peut-être un peu bousculé mais il se serait vite calmé. Il ne pouvait rien te faire. Il y avait des surveillants.

C'était trop tard pour toi, tu débordais de partout. Tu t'es mis à hurler, le pire que tu pouvais faire, une vraie réplique de bouffon dont tu aurais mieux fait de t'abstenir. Ça m'aurait évitée.

– La fille que j'aime, tu serais blême si tu savais qui c'est, alors… alors ta gueule !

Et tu m'as regardée.

Et tu n'as plus rien dit.

Et tu t'es contenté d'écumer en me regardant. Au sens littéral du terme : ça frisottait à tes commissures. Devant Léo qui s'en fichait peut-être de moi mais qui n'en perdait pas une miette. La honte.

Ça s'est mis à rigoler tout doucement d'abord, et puis de plus en plus fort,

et tous les regards ont convergé vers moi, en plus du tien. Scotché, en attente de quelque chose. D'un mot magique qui t'aurait tiré d'affaire. Un mot pas en mon pouvoir.
When darkness comes and pain is all around[1]. J'ai senti ma gorge se nouer et mes larmes prêtes à jaillir en même temps qu'une page se tournait à l'intérieur. J'étais en plein dans le blanc, juste entre deux chapitres. Devant Léo, devant tout le monde, je cherchais mes mots, mes gestes. Je n'ai pas trouvé. C'est la faute à la vie qui ne prévoit pas de brouillon. Du coup,

1. Quand le ciel s'assombrit et que monte la douleur. (N. de É.)

elle est pleine de ratures, de pâtés, de choses qu'on aurait voulu éviter.
Je n'ai pas trouvé d'autre solution que d'éclater de rire à mon tour.
Et la lumière que j'avais vu briller un instant dans tes yeux juste au moment où tu prononçais *la fille que j'aime* s'est éteinte.
Ils avaient leur compte. Ils n'en avaient même pas tant espéré. Ni moi. Ils se sont écartés, se tenant les côtes encore en te regardant t'éloigner vers la sortie.
Vendredi, on était.
Le lundi, on a appris ce que tu avais fait et le mardi j'ai reçu ta lettre.

J'ai accepté les conversations bihebdomadaires avec la psy, parce que je n'arrivais pas à te porter. Tu m'étais trop lourd. Je me sentais trop seule à être responsable. J'étais trop pleine de *si seulement*.

Si seulement je n'avais pas ri. Si seulement j'avais été attentive. Si seulement j'avais été moins égoïste. Si seulement. Je ne m'en sortais pas.

Claire n'est pas une psy comme les autres. En réalité, je n'en connais pas d'autre, mais je reconnais qu'elle m'a aidée, que sans elle, je ne sais pas ce que je serais devenue. Ne serait-ce déjà qu'en allant voir ta mère qui lui

a donné ton journal intime. Elle ne l'avait pas lu. Elle ne voulait pas le lire.
Ça n'a pas plu à Claire cette attitude.
– Si vous changez d'avis, je vous laisse mon téléphone.
Mais c'était peine perdue, elle s'en foutait.
– C'est des conneries, elle a répondu, tenez, brûlez-le, faites-en des confettis, moi je m'en bats l'œil. Ce gosse n'a été qu'une source d'embêtements pour moi. Jusqu'à la fin il l'a été.
Ta mère.
Finalement, mes parents ne sont pas si mal, j'ai pensé.

Tu t'es pendu, il paraît. Moi je n'aurais pas su m'y prendre pour mourir, je ne sais même pas comment on fait un nœud coulant. Toi tu savais. Peut-être même que tu y avais réfléchi il y a longtemps. Peut-être qu'on peut acheter des nœuds coulants tout prêts dans les magasins de bricolage. Peut-être que c'est plus facile à la campagne de trouver une poutre ou un arbre pour suspendre la corde. Je suis sûre que tu n'as pas mesuré les conséquences que ça aurait pour moi, sinon, tu ne m'aurais pas envoyé cette lettre. Ta déclaration de grand amour en bonne et due forme m'est tombée dessus comme une enclume.

C'est toi qui as eu le dernier mot au bout du compte, histoire de nous rabattre notre caquet, histoire qu'on s'en souvienne et qu'on ne puisse jamais s'en remettre tout à fait.

Finalement tu l'as eu ce rôle principal, Johnny. Finalement, tu l'as écrit tout seul ton dernier chapitre. Même que si c'était à refaire, tu l'écrirais autrement. C'est ce que tu es revenu me dire dans ce rêve dont je parlais tout à l'heure avant de commencer par le commencement pour faire plaisir à Claire.

Un mois, jour pour jour après avoir tiré ta révérence. Tu as pris ton temps.
Ce rêve-là, je n'en ai pas parlé à Claire. Je ne voulais pas qu'elle le décortique comme elle sait si bien le faire pour me donner à ruminer sa signification cachée.
Ce rêve-là, il est à moi. Il est à nous, Johnny.
D'ailleurs je ne sais même pas si c'est un rêve. Ça semblait si réel. Tu étais là, debout, dans ma chambre comme un fantôme souriant. Je n'avais pas peur, parce que j'ai compris tout de suite que tu n'étais pas venu pour me faire du mal, ni même pour une leçon

de morale, au contraire. Tu es venu pour me dire que tu t'étais trompé. Pas sur l'amour, non. Tu m'as dit qu'on ne se trompe jamais sur l'amour, que c'est même la plus belle chose qui puisse nous arriver et tu es bien placé pour le savoir toi qui as passé ta vie à lui courir après.

Je n'en suis pas encore persuadée que c'est la plus belle chose qui puisse nous arriver mais je vais y réfléchir, promis-juré.

À présent que tu es bien placé aussi pour le constater, tu dis qu'il y a de l'amour qu'on ne voit pas et qui se prépare, et de l'amour qu'on rejette

parce qu'on ne s'en croit pas digne et c'est souvent là qu'on se trompe, sans le faire exprès.
Tu es venu pour me dire que tu es le seul responsable de tout ce qui t'est arrivé et que si c'était à refaire, tu ferais les choses autrement, surtout la fin. Ça te va bien de dire ça maintenant, c'est facile, de tirer à toi toute la lumière du héros sans reproche.
Moi je ne crois pas que tu sois le seul responsable. Je crois qu'on l'est tous. Je crois qu'aucun être en bon état de marche ne peut prétendre à l'irresponsabilité et que même quand on ne fait rien, on est parfois coupable.

De n’avoir rien fait justement.
Tu es venu pour me dire que ça ne sert à rien de mourir parce qu’on ne meurt pas vraiment et là, je te laisse l’entière responsabilité de cette allégation que je ne partage pas, faute de preuve. À moins tu ne sois cette preuve, mais c’est une preuve que je ne peux pas prouver.
Tu es venu pour me dire : « Je veux que tu ne retiennes que mon amour. Ou plutôt ne le retiens pas, laisse-le grandir, t’envelopper, devenir ta bonne étoile, ta nébuleuse, ton petit nuage préféré. »
D’accord Johnny, c’est toi le plus

fort. Moi, je peux juste te jurer que je ne t'oublierai jamais.

Et même s'il est bien tard, *if you need a friend, I'm sailing right behind like a bridge over troubled water.*[1]

1. Si tu as besoin d'un ami, je serai là, comme un pont jeté sur la furie des flots. (N. de É.)

Dans la même collection

Marta Thomas

CE QUE J'AIME C'EST

« Moi ce que j'aime c'est quand. Ce que j'aime c'est. Pas finir mes phrases. Juste respirer, sans que personne le sache. » Laura se réfugie au fond de la réserve de son père, épicier. Et surtout dans sa tête et avec ses mots, pour faire face à son rendez-vous hebdomadaire forcé avec François Foret. Celui qu'elle appelle son « dépuceleur du genou »…

5,00 € • ISBN : 978-2-84865-396-9

Dans la même collection

Alexis Brocas

LE RÊVE DU CACHALOT

« En surface, elle tient un kiosque à journaux, ex-fillette obèse devenue adulte encore plus imposante. Mais qui pourrait se douter qu'elle est en fait un géant des mers superbe et majestueux, un puissant cachalot virant avec élégance dans les profondeurs bleutées des océans ? Une femme cachalot porteuse de la mémoire d'un peuple, qui lutte pour la survie de son monde menacé… »

5,00 € • ISBN : 978-2-84865-371-6

www.editions-sarbacane.com

Loi n° 49-956 du 16 juillet 1949
sur les publications destinées à la jeunesse.

Achevé d'imprimer sur les presses
de l'imprimerie Clerc, France.

Dépôt légal : 2e semestre 2010.
ISBN : 978-2-84865-370-9